Le grand cœur de madame Lili

Gilles Tibo

Illustrations de

Irene Luxbacher

SCHOLASTIC

À toutes les madames Lili de ce monde . . .
— G.T.

À Luca, Isabella, Noah et Elijah avec amour
— I.L.

Les illustrations de ce livre ont été faites à l'acrylique, au crayon graphite,
au fusain et avec des papiers découpés, le tout assemblé électroniquement.

Catalogage avant publication de Bibliothèque et Archives Canada

Tibo, Gilles, 1951-, auteur
Le grand cœur de madame Lili / Gilles Tibo ; illustrations
de Irene Luxbacher.
ISBN 978-1-4431-5722-3 (couverture rigide)

I. Luxbacher, Irene, 1970-, illustrateur II. Titre.

PS8589.I26G67 2017   jC843'.54   C2017-901449-8

Édition publiée par les Éditions Scholastic, 604, rue King Ouest, Toronto (Ontario) M5V 1E1 CANADA.

6 5 4 3 2 1   Imprimé en Malaisie 108   17 18 19 20 21 22

Tous les matins, madame Lili s'éveillait en écoutant le chant mélodieux de son canari. Chaque fois, cette musique emplissait son cœur d'une joie immense comme le ciel.

Ensuite, madame Lili disait au revoir à son petit oiseau. Elle quittait la maison en tirant une grosse valise. Les inconnus qui la croisaient pouvaient penser qu'elle partait pour un long voyage… Mais ceux qui la connaissaient bien n'avaient aucun doute sur sa destination.

Madame Lili ne se dirigeait ni vers la gare ni vers l'aéroport. Elle se rendait au parc le plus proche. Elle saluait les parents, les enfants et les gardiennes avant de s'asseoir sur un banc, toujours le même, près du carré de sable.

Dès son arrivée, un bambin s'approchait de madame Lili avec un camion fêlé, une poupée brisée ou un seau percé.

Alors, en souriant, madame Lili ouvrait sa valise. On y voyait, bien alignés, des marteaux, des pinces et des tournevis de toutes sortes.

Les journées ensoleillées, madame Lili réparait des jouets, mais aussi des montures de lunettes, des parasols, des chapeaux… Les journées nuageuses, elle réparait des bottes de caoutchouc, des imperméables, des parapluies… Sa valise contenait aussi le nécessaire pour réparer des pantalons déchirés, des chaussettes, des souliers troués…

Un jour, tandis que madame Lili réparait un ourson
en peluche, elle entendit le petit Jérémy pleurer sous
une balançoire.

Madame Lili s'approcha du garçon. Elle examina ses
jambes, ses bras, son cou et ne vit aucune blessure.
Mais Jérémy ne cessait de pleurer. Alors, madame
Lili comprit qu'il avait peut-être le cœur brisé.

Madame Lili ouvrit sa valise. Elle chercha le meilleur outil pour réparer ce cœur brisé. Un tournevis? Du ruban adhésif? De la ficelle?

Non, il fallait autre chose!

Madame Lili referma sa valise. Elle se glissa près
de Jérémy qui pleurait à chaudes larmes et se mit
à lui chanter une berceuse… Cette berceuse était
si douce que le garçon cessa de pleurer. Elle était
si douce qu'il finit par s'endormir.

Ils restèrent blottis l'un contre l'autre durant
de longues minutes. Chaque fois qu'un bambin
approchait pour faire réparer un jouet, madame
Lili lui murmurait :
— Reviens tout à l'heure, mon chéri…
présentement, je répare un cœur brisé.

Lorsque Jérémy s'éveilla, il renifla et embrassa madame Lili sur les joues. Puis, le sourire aux lèvres, il grimpa sur la balançoire… Ses éclats de rire montaient jusqu'au soleil !

Par la suite, madame Lili changea un peu ses
habitudes. Chaque matin, en écoutant chanter
son canari, elle écrivait de nouvelles mélodies
dans un cahier.

Sur le banc du parc, elle continua à réparer des
jouets. Mais, en chantonnant, elle commença à
réparer toutes sortes de cœurs blessés.

Elle consola une petite fille
qui avait perdu son chat…

un petit garçon qui voulait que
son père rentre à la maison…

une fille qui s'était disputée avec sa meilleure amie…

un garçon qui s'ennuyait de sa grand-maman…

et une petite fille qui ne voulait pas déménager.

Mais un jour, madame Lili arriva au parc sans sa valise. Des larmes coulaient sur ses joues.
Le cœur lourd, elle se laissa tomber sur son banc.

Les papas, les mamans, les gardiennes et les enfants s'approchèrent. Madame Lili leur annonça en pleurant que son canari ne chanterait plus jamais…

Elle sortit de sa poche un foulard de
soie dans lequel l'oiseau était enveloppé.
Longtemps, longtemps, la larme à l'œil,
elle le regarda avec tendresse.

À la fin de l'après-midi, les papas, les
mamans, les enfants et les gardiennes
retournèrent à leurs obligations. Madame
Lili resta toute seule sur le banc, toute
seule avec son cœur triste.

Alors que le soleil allait se coucher, madame Lili entendit des bruits. Elle releva la tête. À sa grande surprise, tous les enfants du parc revenaient en chantant, des valises à la main.

Les enfants ouvrirent leurs petites valises. L'un après l'autre, ils déplièrent de grandes feuilles colorées sur lesquelles il y avait des oiseaux, des poèmes et des mots d'amour.

Un sourire radieux illumina le visage de Madame Lili… Elle n'oublierait jamais son petit canari, mais son cœur était maintenant rempli d'une joie nouvelle!